ひとりだと感じたとき
あなたは
探していた
言葉に出会う

若松英輔

AKISHOBO

ひとりだと感じたとき
あなたは
ずっと探していた
素朴な
言葉に出会う

目次

人生の一語

作家の遠藤周作は、私たちの日常には「生活」と「人生」という二つの次元がある、ということをしばしば語っている。生活が横軸であるのに対して、人生は縦軸である、と書いていたこともあったように思う。生活と人生は分離しない。それはちょうど十字架のような形をしている。人はいつも生活と人生の接点で生きている。

年齢を重ねると自然に生活の幕は開く。勉強の期間を終え、仕事に従事するようになれば、生活との格闘はいやでも始まる。だが、人生の扉が開く時期は人それぞれだ。早ければ早いほどよい、というのではない。ただ、どこかでその扉にはふれなくてはならない。人は、自分の人生を生きない毎日を送り続けることはできないからである。

生活は水平的な方向のなかで広がりを求めて営まれるのに対して、人生は一点を掘り下げるようにして深まっていく。

生活のなかで人は、多くの言葉を知る。そうすることで会話も読書も執筆もできるようになる。だが人生の一語は、そうした場所では出会わない。それはいつも切実な経験とともにある。その言葉とは、広がりのなかではなく、深みにおいて遭遇する。

このとき言葉は、文字でありながら同時に光でもある。一つの素朴な言葉が光となって、暗がりを照らす。生活の次元では特別な意味を持たなかったある言葉が、闇から私たちを救い出すのである。

人生の始まりを告げる言葉は、生の根源へと導くものでもあるから、ここでは根源語と呼ぶことにする。根源語は、けっして難解なものではない。そして、それは座右の銘のような文章でもないように私には思われる。それはむしろ月並みな、特徴のないものである場合が多いのではないだろうか。

二〇一三年から「読むと書く」という自主講座を行っている。いわゆる名著を私が読み解き、聴講者は、そこで感じたことを文章にし、私がそれを添削するというものだが、十年以上続けてくると、のべ一万篇を超えるエッセイや詩を読んだことになる。書いているのはエッセイや詩という様式なのだが、本質的に試みられているのは根源語の発見である。

根源語は作るものではない。必ずその人のなかに眠っている。さらにいえば、その言葉との無言の対話によって私たちは人生の次元へと導かれていく。人は、己れに必要な言葉を身に宿して生まれてくるようにさえ感じられる。

私たちは生活がなるべく平穏であるように準備し、計画する。誰もが自分の意図通りに日々を送ることを望む。生活において核にあるのは自分である。だが、人生は少し様相が異なる。

若いころは自分で行っていたと感じていたことも他者とのつながりのなかでの出来事であることに気が付いていく。ここでいう他者とは、同時代人とは限らない。亡き者たちを含む。生活の次元に死者はいない。生活の次元で死者の言葉は意味をなさない。だが、人生において死者は、不可視な、しかし確かに臨在する隣人となる。

生活の次元では単なる偶然だと感じられていたことが、人生の次元では運命だと感じられることも珍しくない。詩人のリルケは、これから詩を書こうとする、ある若者への手紙のなかで運命の本質をめぐって印象深い言葉を残している。

私たちが運命と呼ぶものが、人間の内部から出てくるものであって、外から人間の中へはいってくるものではないということも次第々々に認識するようになるでしょう。

（『若き詩人への手紙』高安国世訳）

生活の地平に立つとき、運命はどこか、未知なる場所からやってくるように感じる。しかし、人生の境域にあるとき、生きるとは、自らの運命を育むことにほかならないことに気が付く。

堪えがたい悲しみを運命だと思っていた時期がある。しかし、悲しみという言葉を抱きしめるうちにそれは、愛《かな》しみへと姿を変じていった。私の根源語は「かなしみ」である。ただ、それは悲痛と悲嘆に終わる悲しみではなく、何かを愛そうとした証しとしての愛しみを内包するものだった。愛しみは「いつくしみ」とも読む。悲しみを知って私は、いつからか自分を裁くだけでなく、いつくしむようにもなったのだと思う。

自分を愛する

かなしみが、何かを愛したところに生まれるものであるなら、生きるとは、かなしみを育むことである。人生が深まれば、かなしみも深まっていく。かなしみこそが、人生のものさしであると石牟礼道子《いしむれみちこ》さんはあるところで書いている。そして、美しいものはすべて、どこかにかなしみを伴っているともいう。

急に愛せ、といわれても誰を愛してよいか分からないという人もいるかもしれない。今、自分は誰からも愛されていないように感じるという人もいるだろう。

口にしなくても、そう感じることは誰にでもある。

愛されないから愛せない。一見すると確からしいこうした言説には大きな欠落がある。私たちは誰かを愛することができなくても、自分を愛することができる。さらにいえば、愛は自分を愛することから始めなくてはならないのかもしれないのである。

自己愛という言葉にはあまり積極的な語感はないかもしれない。自分のことだけを優先し、他の人に思いが及ばないような印象があるのではないだろうか。だが、そのいっぽうで、自分を愛することなく、人生という過酷な旅を乗り切ることは難しいことも、私たちはどこかで感じ取っている。問題は、自分をどこに置くのかということにかかっている。そして、愛するということの本質がどこにあるのかを探究するところに、愛の道が開かれてくるように思われる。

好きになることと愛することは似て非なることである。好きになったものは、あるきっかけで嫌いになることがある。愛は、好き嫌いを超えて働く。愛するためにその対象を好きになる必要はない。愛するとは、好悪の感情を超えてそれを受け容れることだからである。

自分を好きになれないことは誰にでもある。むしろ、冷静に自分を顧みれば自分を好きでばかりはいられないだろう。しかし、私たちは、そうした至らない自分を受け容れることはできる。

受け容れるとは、至らなさをそのまま認めるということに留まらない。むしろ、至らなさの奥に潜む可能性を認識することを求められている。

愛の眼は、今だけを見ない。過去、現在、未来を一つの「時」として認識する。自分を受け容れるとは、今の自分と折り合いをつけるばかりではない。それまでの過去を抱きしめ、ゆっくり明日に向かって進んでいこうとする営みである。

『新約聖書』の次によく読まれたと言われる『キリストにならいて』というキリ

スト教世界の古典がある。十五世紀にトマス・ア・ケンピスという人物によって書かれたと伝えられる。そこに人生の困難をめぐる印象的な一節がある。

時としていろいろな悩みや意に反する事があるのも、私たちにとってよいことである。

（大沢章・呉茂一訳）

思うようにならないのはよいことである。試練もまた、神からの恵みである、と作者はいう。

神という言葉に抵抗を感じる人がいるかもしれない。それならば、神を人生という言葉に置き換えてもよい。試練にあるとき、人は、自分を愛することを強く求められる。自分の過去、現在、未来を強く抱きしめることを促されている。

思うようにならない出来事に遭遇するとき人は、苦しみや悲しみを感じるだけではない。そのことによって人は、真の意味で小さくなれる。自分を小さく感じるとき、私たちは自分を卑小なものだと考えてはならない。ここでいう「小さくなる」とは、卑屈になることとはちがう。それは大いなるものに出会うことにほかならない。宗教者たちは、その大いなるものを神、あるいは仏と呼ぶ。哲学者たちは同じものに真理という名を与えたのである。

自分を愛するとは、思うようにならない現実のなかに神を、真理を見出そうとする壮大な試みなのではないだろうか。

人生の羅針盤

自分のような人間はどこにでもいる。真意かどうかは別にして、そのようなことを語る人にときおり出会う。そのいっぽうで、自分の苦しみを分かってくれる人はいないという嘆きにもしばしば遭遇する。

前者は本当らしい嘘である。同じ人はこれまでも、これからも、けっして現れないことを誰もが知っている。後者は真実を含んでいる。人は自分以外の人の苦しみを簡単には分からない。

苦しいとき、自分をさいなむものを誰かに分かってほしいと思って、人は多くを語ることがある。このことが功を奏するとよいのだが、言葉が多くなるがゆえに、いっそう理解が難しくなる場合も少なくない。

最近、同情（sympathy）と共感（empathy）の違いが論じられる。同情するとき、そこにはどこか相手をあわれに思う感情が残る。それに対して、共感するとき人は、その苦しみに絶対的な意味を見出しているのではないだろうか。

受け取る側は、同情と共感の差を鋭敏に感じとる。同情の眼は、相手に弱者の姿を見出すが、共感の眼は、弱者の奥にもう一度立ち上がろうとする勇者の姿を見る。

ある人が、自分を見つめている。身体の特定の場所を凝視する場面を想像してみる。見つめられることで、それまでまったく問題にしていなかったことが気になってくることがあるのではないだろうか。気に病むことすらあるかもしれない。

同質のことは内面においても起こる。それも創造的に展開することがある。誰かが、自分のなかに勇者を見つめる。そのことで自分のなかに眠る勇者に気が付くのである。

苦しいとき人は、どこかに慰めを求める。気晴らしに出かける。旅をする。何かに没頭する。あるいは信頼する友人と心ゆくまで話す、という人もいるかもしれない。だが、いつでも出かけられるとは限らないし、友人がいつも、自分の都合に合わせてくれるわけでもない。やはり、ひとりであっても苦しみを生き抜くすべを身につけなくてはならないのだろう。

振り返ってみると私は、苦しいとき、ほとんど本能的に言葉を探してきた。文章を書くことを身に付けていないときは、あきれるほど長く書店にいた。高校生のころ、夕方四時くらいに入り、気が付けば閉店の時間だったことは何度もある。特定の本を探しているのではない。自分でも明瞭に語れない何かとの出会いを求めていたのである。

読書のあり方は、今もあのころとまったく変わっていない。当時から、本を読むとは、記されている内容を理解することよりも、人生の羅針盤になるような言葉と出会うことだった。一行、あるいはひと言でもそうした言葉に出会うことができればそれでよかった。

文章を書くようになったのも、書くべき主題があったというのは、表向きの理由で、どうにかして苦しみから逃れようとしたからだったようにも思う。人は、考えていることを書くだけではない。自分が真に必要としていることも書くのである。むしろ、書くとは自分でも認識できていない、人生の困難に立ち向かうための準備であるといってもよい。

かなしみの国

人は、年齢を重ねていくうちに二つの世界に属するようになる。一つは外界、もう一つは内界である。

このことは生活と人生の区分から考え直してみることもできる。内界が開かれるときに人生が始まるというのではない。人生は、内なる世界に「かなしみの国」と呼ぶほかない場所を見つけたときに始まる。詩人の永瀬清子（一九〇六～一九九五）に「降りつむ」という作品がある。次に引くのはその冒頭にある一節だ。

かなしみの国に雪が降りつむ
かなしみを糧として生きよと雪が降りつむ
失いつくしたものの上に雪が降りつむ

「かなしみの国」は、目には見えない。それは、目を閉じたとき、胸中にありありと浮かび上がってくるものである。ここでの「雪」も私たちの目には映らず、手でふれることもできない。だが、私たちは瞑目《めいもく》するとき、雪が降りつむ音を感じる。

かなしみの国に降る雪は、人を凍えさせるような冷たいものではない。雪はさまざまなものを包み込む。そのなかに立つとき人は、天地と深くつながる。見失っていた自分のありかをそこに感じとる。

雪は、ものを覆い隠すのではない。むしろ、私たちが見失っているものをそっと指し示してくれる。道が雪に覆われる。道は細く、滑りやすくなることもあるかもしれない。人はそこをゆっくり歩くほかない。そうしたとき私たちは、いつもよりも確かに道の存在を感じている。

「かなしみ」は、人生の糧である、と詩人はいう。その糧によって育まれるものは何なのか。

永瀬清子の作品を読んでいると、須賀敦子の姿が浮かんでくる。二人に面識があったのではない。それぞれの作品を読んでいても相手の名前が出てくることもない。だが、二人が遺した言葉には、著しい共振がある。

史実を超えた精神の盟友、こうした関係を発見するのも読書の愉しみなのかもしれない。須賀敦子の最後の長編作品『ユルスナールの靴』には、人生の季節をめぐる言葉がある。人生の冬を歌う永瀬清子の詩を読みながら、私は同時に須賀敦子の次の一節を想い起こしていた。「ゼノン」は、彼女が論じている作品の主人公の名だが、読む人はそこに自分を折り重ねてよい。

それはまた同時に、ゼノンの精神の働きが若葉に萌えたつ五月の樹木のように、もっともめざましかった肉体の時代でもあった。第二部ではブリュージュに帰った彼は、修道院長の庇護をうけ、医師として慕われるのだが、旅をつづける自由はもうない。旅の自由は失ったが、ゼノンは、人々に必要とされるようになったじぶんを発見し、知らぬまに迎えていた、〈たましいの季節〉に驚かずにいられない。

（『ユルスナールの靴』）

人生には、肉体の季節、たましいの季節、そして精神、すなわち霊の季節がある、と須賀は書いている。ここでいう「肉体」には心も含まれる。肉体の季節を生きるとき、人は身体と心の糧を探せばよい。しかし、たましいの季節を生きるとき、かつての糧だけでは十分ではなくなる。心の奥にある「たましい」は、喜びや慰めよりも、「かなしみ」という糧によってこそ豊かに育まれる。永瀬清子ならそういうだろう。この詩人は次の一節で先に引いた詩を終えている。

かなしみにこもれと
地に強い草の葉の冬を越すごとく
冬を越せよと
その下からやがてよき春の立ちあがれと雪が降りつむ
無限にふかい空からしずかにしずかに

非情のやさしさをもって雪が降りつむ
かなしみの国に雪が降りつむ。

（『永瀬清子詩集』思潮社）

誰もが冬としか感じられないような時節を生きる。それは神聖なる定めですらあるというのだろう。だが、この詩人が私たちに告げようとしているのは、厳粛な事実だけではない。

冬はたしかに寒さを引き連れてやってくる。同時に音もなく、姿もないかたちで、やがて春が到来するのを告げ知らせてもいる。人生の冬とは、約束された人生の春の序曲でもある、というのである。

願いと祈り

あるときまで、「祈る」ことと「願う」こととをほとんど区別していなかった。できなかった、といったほうがよいのかもしれない。さらにいえば、「祈り」の時間を「願い」で埋め尽くしてきたようにさえ思われる。

願うとき私たちは、人間を超えた存在にむかって、どうにかして自分の思いを届けようとする。一方的に思いを語ろうとするとき、私たちは相手の声を聞こうとしていない。状況は、人間だけでなく、大いなるものの場合も変わらないのではないだろうか。願うとき人は、神仏の「声」にも気が付きにくい。ひたすら自分が話しているからである。

祈るとは、願いを鎮め、彼方からの声に耳をかたむけること、無音の言葉を聞くことなのではないだろうか。それは、心に静寂の時空を招き入れることのようにも感じられる。

願うのは悪いことではない。願わずにはいられない、そうした局面に追い込まれることは人生に幾度でもある。しかしそんなときでも、私たちは聞く耳は封じない方がよいのではないだろうか。求めていることは思いもよらない場所からやってくるかもしれないのである。

神仏は、人間が思っているよりもずっと、私たちのことを知っている。宗派を問わず聖典、経典と呼ばれるものを繙《ひもと》くと、そうしたもう一つの現実が描き出されている。神仏は、人間が感じている以上に、私たちの苦しみ、悲しみ、嘆きを深く受けとめているのである。だが、そのことを深く実感できない人間は、不安に耐え切れず、分かっているはずの状況を神仏に説明しようとする。説明する自分の声が、彼方からの無音の声をかき消しているのに気が付かないまま語り続けてしまう。

八木重吉という詩人がいる。内村鑑三の影響を受け、キリスト教の信仰を生きた。内村は無教会という信仰のありかたを説いた。神と人は、教会をあいだにしなくても十分に深くつながり得る。もちろん、人と人も同じだ。むしろ、神とつながることで、人とつながり得ると考えた。重吉に宿った信仰も同質のものだった。

生前彼は、『秋の瞳』と題する詩集を一冊出しただけで、一九二七（昭和二）年に二十九歳で結核のために亡くなった。二冊目の詩集になるはずだった『貧しき信徒』は、没後に世に送られた。この詩集には、「涙」と題する、次のような短い詩がある。

　つまらないから
　あかるい陽のなかにたってなみだを
　ながしていた

これで全文なのだが、詩というよりも、斬新な現代短歌のようにも感じられる。この作品を目にしたとき、これこそが祈りの光景だと思った。
悲痛に押しつぶされそうになりながら彼は、だまって光のなかで、ただ涙を流している。詩人は、誰もいないところで自分が流す涙は、すべて大いなるものが受けとめてくれると感じている。悲嘆の声を高くしなくてもすべてが聞き入れられていると信じている。

「つまらない」とは耐え難い悲しみに包まれていることの表現だろう。さらに彼は、涙を流すことで自らの口を封じ、耳に聞こえない声を全身で受けとめようとしているのである。

ひとりの時間

社会とつながりながら生きるのが難しいとき、人は孤立していると感じる。また、自分の心持ちを分かってもらえないと思うときは、疎外感にさいなまれる。疎外感とは、仲間外れにされている、と感じることに留まらない。疎外という状態が耐え難いのは、自分という存在が必要ないように感じられるからである。孤立も疎外もない方がよい。だが、孤立とも疎外とも異なる「ひとり」の時間はなくてはならない。「ひとり」でいるときだからこそ、観えてくることがある。

そうしたひとときをここでは「孤独」と呼ぶことにする。

日常生活で、あえて孤独を選び取ることがある。そのとき私たちは、孤独のなかに光の道を見出そうとする本能のような衝動を宿しているのではないだろうか。

若い頃は、孤独が怖かった。しかし、そのいっぽうで、孤独の時間がなくてはならないことも年を経るごとに実感されてくるようになった。ある時点からは、小さくない労力を費やして孤独の時間を作るようになっていった。

孤独を生きてみると、孤独を生きた人の言葉が分かるようになる。ル＝グウィンというアメリカのファンタジー作家がいる。彼女の代表作『影との戦い　ゲド戦記1』には、次のような一節がある。


年をとるにつれて、彼はいっそうことば少なく、いっそう孤独を愛するようになっていった。

（清水真砂子訳）

ここでいう「彼」とはオジオンという名の魔法使いでもある賢者である。彼は年齢を重ねるうちに、沈黙のなかでだけ明かされる人生の真実があることに気が付くようになった、というのである。

家族や親しい人と意見が合わず、言い争いになる。そんな経験は誰にもある。だが、言葉を交わしていたときにはよく理解できなかったことが、別れて部屋で「ひとり」になると、相手の気持ちが沁《し》みるように分かってくる。発せられた言葉にばかり心を奪われ、相手が、声になる言葉の奥で物語ろうとしていたことの存在に気が付く。

こうした語られざる意味の発見は、その日のうちに起こるとは限らない。あいだに十年の歳月をはさむこともある。

現代人は、孤立や孤独を恐れ、「ひとり」の時間を簡単に手放している。パソコンやスマートフォンを開けば、瞬時に何百人、何千人という人とつながってしまう。便利でもあるが、気が付かないうち、知らないうちに「ひとり」の時間が流れ去っている。

「ひとり」でいるとき、いつもとは異なる空気が自分を包むように感じる。それを受けとめることができなくて、恐怖感を覚えることもある。深呼吸をして、ゆっくりとそれを受けとめるとき、「ひとり」の時間は、意味ある孤独へと姿を変じる。さらにいえば、孤独を生きるとき、私たちは、意味には深みがあることを全身で感じ、生きる意味を見出していく。

孤独の時空で出会うものが、生きていくうえでかけがえのないことであるなら、私たちは、あらゆる努力を払ってでも「ひとり」になる時間を作らなくてはならないのではないだろうか。「ひとり」のときを生きるとき、人はそれまで見過ごしてきた、さまざまなものに出会い直す。そこで見出すもっとも重要なものを、ユングという心理学者は「自己」と呼んだのである。

メモと「書く」

胸に言葉が刻まれる。そういいたくなるような経験は誰にでもあるのではないだろうか。思わぬところから言葉がやってきて、心というよりも、その奥にある場所に根づくのである。

多くの場合、こうした経験は、ふとしたときに発せられた自分以外の人の言葉によって起こる。だが、同質のことを人は、自ら行動することによって体得することもできる。

難しくはない。身体《からだ》に染み込むまで唱えるか、頭ではなく、心で感じられるように書くだけでよい。別な言い方をすれば、無心に唱え、書くことで人は言葉を心の奥に招き入れることができる。

だが、「書く」とき、「メモする」ように行ってはならない。それでは言葉が心に落ちてはこない。

「メモする」ことと「書く」ことは、まったく違う。メモする場合、何を記すかはすでに決まっている。電話番号をメモする。買い物を頼まれメモする。どの場合も何を記すかは分かっている。しかし、「書く」という行為が切り開く地平は、まったく違う。本当の意味で「書く」ことが行われるとき、私たちは、そのことによって自分が何を考えていたのかを知る。真の意味で「書かれた」言葉を目にしたとき、もっとも驚くのは、他者であるより書いている本人である。

手紙を書いたが出さなかった、という経験はないだろうか。理由はさまざまだろうが、ともあれ、書くことでおもいがあふれたからだろう。湧き出るおもいに驚いたとき、人は自分で書いた手紙をポストに入れるのではなく、そっと机のなかへと戻す。

「おもい」とひらがなで書いたのは、書くという行為が、単に思考されたことの表現には終わらないからだ。「おもい」という漢字は、優に十種を超える。思い、想い、恋い、顧い、惟い、念い、すべて「おもい」と読む。

もしも書くことが、思ったことを言葉にするだけなら、こうしたことは起こらない。そこには思いをはるかに超えた「おもい」のちからが渦巻いている。彫刻家で詩人でもあった高村光太郎が、自身にとっての「書く」という営みをめぐって印象深い言葉を残している。

元来私が詩を書くのは実にやむを得ない心的衝動から来るので、一種の電磁力鬱積《うっせき》のエネルギー放出に外ならず、実はそれが果して人のいう詩と同じものであるかどうかさえ今では自己に向って確言出来ないとも思える時がありますｏ明治以来の日本における詩の通念というものを私は殆《ほとほ》と踏みにじって来たといえます。

（「詩について語らず」『緑色の太陽』）

書きたいから書くというよりも、書かざるを得ないから書く。「やむを得ない心的衝動」とは、抗うことのできない内面からの促しでもある。「書く」とは、頭にあることを言葉にすることではなく、心の奥にあって、言葉にならなかったものを照らす営みなのである。さらにいえば「書く」とは、自らを驚かす行為、自らを目覚めさせる営みだといってよい。

宗教の世界ではこうした行為を修行と呼ぶ。修行というと、俗世で生きている人には関係ないように感じられるかもしれないが、ある程度の人生を積み重ねた人なら、生きるとは、持続する修行であることに気が付いているのではないだろうか。

ある人から見ると修行者は、無意味なことを行い続けているように映るかもしれない。修行においては、同じことが坦々と繰り返されていく。

確かに現代人は修行という言葉を使わなくなった。しかし、生きるという修行から解放されたわけではない。むしろ私たちは、人生の本質が修行であることを忘れてしまったがゆえにその道の歩き方を見失ったのではないだろうか。

俗世で生きる者には荒行は必要ない。しかし、言葉を刻む習慣は手放さない方がよい。誰も助けてくれない、そう感じるようなときも、胸に刻まれた言葉が私たちを導いてくれることは少なくないのである。

沈黙を感じる

亡くなったと分かっていても、それを十分に受けとめられないことがある。私にとっては石牟礼道子さんがそうした人であり、今もなお、そうなのかもしれない。晩年の数年間は、幾たびも会い、言葉も交わしたが、短くない沈黙の中でたたずむこともあった。彼女は、たしかに死者なのだが、「生きている死者」という感じがする。石牟礼さんが代表作『苦海浄土　わが水俣病』で向き合ったのもそうした死者たちだった。この作品によって世の中は、水俣病とは何かを知り始めた。

チッソという企業が、有機水銀という有毒な物質を工業排水として川に流す。それが海に流れ込み、魚や貝などに蓄積する。そして、それらを食した人間の神経がおかされてしまう。身体の自由を著しく奪われ、重症の場合は亡くなる人も少なくなかった。

そうした人々は、自分が背負った苦しみや悲しみを語ることなく、逝かねばならない。石牟礼さんは『苦海浄土』を書くことで、そうした人々の「おもい」を写しとろうとした。彼女にとって「書く」とは、言葉を奪われた人々の沈黙に、文字という姿を与えようとすることだった。

一九八四年に発表された「村のお寺」と題する石牟礼さんの講演録がある。場所がお寺だったこともあって、話は自然と宗教、そして「祈り」に及んだ。

誰の心にも祈りとしか言えないものが宿っている。しかし、それを口にするとどこか「わざとらしくなる」。だが、人間を超えたものと心を通わせたいという「いわくいい難い魂の所在」がある。そうでなければ宗教は、今日まで、その生命を保ち続けることはなかっただろうと述べ、彼女はこう続けた。

人間のその一番深い奥の方にある気持の動きは、ほんとうは言葉では表わせない。わたくしは言葉で物語を書きましたりしているわけですけれども、言葉というものは、不完全だなあという気がいつもいたします。

本当の祈りは、なかなか言葉にならない。祈りに限らない。私たちの「おもい」のほとんどは言葉にならないのではないだろうか。だが、不思議なことに人は、そうした言葉にならないものをそのままのかたちで受けとめられることがある。言葉というよりも、言葉に宿る無音の響きによって、遠くにいる人とつながっている、と実感することすらある。

文学とは、言葉たり得ないものを言葉で表現しようとする矛盾的な営みである。宗教の聖典もまた、言葉では語り尽くせないものが書物のかたちとなっている。別な言い方をすれば、文学や宗教とは、言葉だけでなく、言葉の奥にあるものに意味を感じ取ろうとする営みにほかならない、と石牟礼さんは感じているのだろう。

ここで重要になってくるのは、言葉の奥に言葉を超えたおもいを見出す、「読む」あるいは「聞く」という営みの意味である。先に引いた一節の背後にあるのも同質の実感であるように思われる。

真実は語り得ない。そう感じながらも語り、書く。すると言葉はしばしば、言葉にならない意味を伝えることがある。語り得ない嘆き、聞こえない呻《うめ》きが不可視な光のように受けとめる者の胸を貫くのである。

言葉と食べ物

帰省すると母が料理をたくさん作って待っていてくれる。もちろん、ありがたい。

出してくれるものは、なるべく食べようと思うが限界もある。年齢を重ねると少食になるが、母のなかでの私は、まだ若いときのままなのだ。

あるとき、頑張って食べたと思い、もう十分だと言ったら、母が少しさびしそうな顔をした。理由を聞くと、最後に出そうと思っていた料理は格別、時間をかけ作ったが、それを食べてもらえないのが残念だというのである。もちろん、その料理は食べた。

このときの経験はそのまま、言葉と食べ物の関係を考える重大な契機になった。言葉と料理につながりなどがあるのか、というかもしれないが、言葉と食べ物は、考えれば考えるほど、そのはたらきがよく似ている。

人は食べずには生きていけない。食べ物は私たちの体を養う。疲れたとき、少し甘いものを食べる。それだけで何か癒されたと感じることもある。言葉は、私たちの体ではなく、心をつくり、それを育む。また、人生の避けがたい悲しみの出来事においては深い慰めとなり、渇いた心には水のように流れこむ。『新約聖書』にある次の一節も、身体の糧と魂の糧との緊密な関係を物語っている。あるときイエスは、ある女性に向かって言葉のはたらきを水に喩《たと》えてこう語った。

この水を飲む人はみな、また喉が渇く。
しかし、わたしが与える水を飲む人は、
永遠に渇くことがない。
それどころか、わたしが与える水は、
その人の中で泉となって、
永遠の命に至る水が湧き出る

（「ヨハネによる福音書」４・13―14、フランシスコ会聖書研究所訳注）

ここで語られているのは、言葉は、魂の渇きを癒す水である、ということだけではない。言葉とともに生きるとき、人は自らのうちに涸《か》れない泉があることを発見する、というのである。人は、自分以外の誰かに乞《こ》うことなく、生涯を生き抜くちからをそのうちに秘めている。

身体は、摂取したものによって出来ている。それと似て、私たちの心は、日々、接している言葉によって形づくられている。食べ物と言葉、この二つが私たちの身心を形づくっていることを今一度、顧みるのは意味がないことではないだろう。

誰も食べてくれなくても料理を作ることはできる。そういう人もいるかもしれない。だがそれは表向きのことで、誰も食べないもの、自分すら食べないものを「料理」と呼ぶことはできない。料理は、食べられて初めて「料理」になる。誰も食べなければ捨てるしか道はなくなる。

言葉も同じだ。書かれた言葉、話された言葉は、誰かに受けとめられたとき、初めて「言葉」になる。もちろん、料理と同じく、受けとめるのは自分であってよい。むしろ、まず、自分であった方がよいとさえいえる。

だが、自分を含め、受け取り手を見出せないとき、人は言葉の行き場を失ってしまう。そのとき私たちは、初めて人間を超えたものに向かって語り始めるのではないだろうか。

神仏は、人間が受けとめることのできない言葉でも受けとめてくれる。さらにいえば人は、神仏に言葉を受けとめられることによって、どうにか生きているのではないだろうか。私はここに入信を超えた宗教と人間の関係を見るおもいがする。神がいるとすれば、ふと呼びかけた人間の声を聞き逃すことはけっしてないように感じられるからである。

生きがいとは何か

小学校から始まる短くない学校生活のなかで私たちは、どう生きていくべきかを考えなくてはならない、誰からともなくそう言われて育った気がする。しかし、年を重ねてくると、どう生きるかよりもまず、どう生かされているのかを考えなくてはならない、と思うようになった。「生きる」とは「生かされて在ること」だと感じるようになった。

問いが変わると、自分にとっての言葉の意味も変わってくる。かつては「生きる」とは、能動的な営みだと信じて疑わなかったが、今では、この言葉こそ、もっとも受動的な状態を指すものだと感じるようになった。さらにいえば、人は、受動的であるとき、もっとも創造的である、とさえ思うようになった。

たった一つの言葉でも、意味が変われば、人生観に変化が生まれ、世界観も変貌する。「生きる」という、すべての人がひとときも離れられない言葉の場合、その影響はじつに大きい。

「生きる」ことの意味が変われば、「生きがい」も姿を変じる。

「生きがい」とは何かと聞かれたら、若い頃であれば、仕事で成功することだと答えたかもしれないが、今ではもう、そうしたことは「生きがい」という一語とは響き合わなくなっている。成功は、ある種の喜びだが、「生きがい」ではなくなっている。

「生きがい」は、生きるはりあい、生きている実感、あるいは充足感、あるいは生きる意味の経験である、といえるかもしれない。「生きがい」とは、自分が生きている本当の理由の発見だともいえる。

半世紀以上前（一九六六年）に刊行され、今も読み継がれている『生きがいについて』と題する本がある。著者は、精神科医の神谷美恵子で、この本のなかでは、「生きがい」とは何かをめぐって、次のように述べられている。

人間が最も生きがいを感じるのは、自分がしたいと思うことと義務とが一致したときだと思われる

心の深みから湧き上がる切なる希望と、自らの人生に与えられた「義務」とが一つになったとき、生きがいと呼ぶにふさわしい、というのである。

ここでの義務とは誰かに強いられて行うことではない。それは神聖なる務めで

あり、ある人はそれを使命と呼ぶかもしれない。

この本で神谷は、生きがいは、まったく個人的なもので、しばしば別の人には簡単には理解できない姿をしている、とも述べている。真の生きがいはつねに、その人だけの、固有な生きがいになる、という。

生きがいを作るために生きる、かつてはそう感じていた。しかし、今は、自分でもまだ、十分に見出し得ていない生きがいによって生かされている、と感じている。

生きがいは、空気や光のようなものかもしれない。それがなくては一瞬たりとも生きられないが、人はその恩恵を十分に感じ得ていない。私たちは、何のために生きているのかも十分に理解していないが、何によって生かされているのか、ということは、いっそう不明瞭なのではないだろうか。

生きがいに生かされる。そういうと矛盾しているように感じるかもしれないが、

れない。しかし、泣き暮らすだけでは自分が生きる気力を失ってしまう。あるときから、悲しむことは止められないが、泣くことを止めようと思ったという。以来、悲嘆ゆえに泣くということはなくなっただけでなく、泣けなくもなった、と彼女は語った。

この出来事が忘れがたいのは、話の内容に動かされたからでもあるのだが、さらに印象深かったのは、泣けなくなったと語る彼女の胸に、今もなお、見えない涙がこぼれ落ちるのが、ありありと見えるようだったからでもある。

耐え難いほどに悲しんでいても人は、一滴の涙も落とさないことがある。もっとも悲しいとき涙を流すことすらできなくなることがある。涙が涸れるのである。それもまた、私たちの現実なのではないだろうか。

宮澤賢治に「無声慟哭《むせいどうこく》」という詩の作品がある。「慟哭」とは、声を出して泣くこと、それも「哭《な》く」という文字に「犬」の文字が記されているように獣のように泣くことである。「慟む」は「いたむ」と読み、亡くなった人を悼《いた》むことを意味する。大切な人を亡くしたとき慟哭する。しかし、慟哭が深まったとき、人は声を失うことがある。それが賢治にとっての慟哭の経験だった。

泣くことは、昔から和歌に詠まれてきた。『古今和歌集』にも「よみ人知らず」として伝わる次のような一首が収められている。

なき人の　宿にかよはば　ほととぎす　かけて音《ね》にのみ　なくと告げなむ

（巻十六、八五五）

ほととぎすよ、もし亡き人の家に行くのなら、おまえと同じく私も、あの人のことを心に想い、泣いてばかりいる、そう伝えてくれ、というのである。

和歌の世界で「ほととぎす」は、この世とあの世を橋渡しするものとして詠われる。

「音にのみなく」との一節は、現代語訳では「声をあげて泣いてばかりいる」と記されていることが多い。けっして誤りではないのだが、「音」という言葉には、現代語の「声」と訳すだけで終わりにできない何かが潜んでいる。「音」には、耳には聞こえない「音」、声にならない「声」、無音の響きと呼ぶほかないものを含むのではないだろうか。

人は、悲しいときにだけでなく、心の底から喜びを感じるときにも泣く。さらにいえば、悲しみの底にいながら幸せをかみしめることもある。

涙を流しながら、亡き人の喪失を嘆きながら、出会ったことの意味をかみしめ、深い幸福を感じる。そうした出来事はけっして珍しいことではない。

悲しみの対義語を問われれば、喜びと答える人もいるかもしれない。だが、人生はまったく別種の真実を告げる。ほととぎすが生者の世界と死者の世界をつなぐように、涙によって、悲しみと喜びは、深いところで、分かちがたくつながっているのではないだろうか。

似て非なるもの

中世ヨーロッパの神学者ニコラウス・クザーヌスの『知ある無知』（岩崎允胤／大出哲訳・創文社）を読んでいたら、真実に近づこうとする者は、比較することを避けてはならない、と述べられていた。

ただ、この人物が語る「比較」は、現代人が考えているのとはまったく意味を異にする。私たちにとって比較は、美醜、長短、優劣などを判断するための行いだが、クザーヌスにとっては、それぞれの固有性を見出そうとする試みだった。

たとえば、夏目漱石と森鷗外を比較する。現代人はどちらかに軍配を上げて決着をつけるが、この神学者にとっては比較とは、漱石の真実、鷗外の真実がそれぞれ浮かび上がってくるまで終わることのない営みだった。

絶対性を発見するための比較というと少し難しいように聞こえるが、このちからは、人が自分自身を見出していくことにおいても不可欠なのではないだろうか。この本を読みながら、改めて古典の底力のようなものに驚かされた。記されたのは一四四〇年、およそ六百年の歳月が流れているが、そこで語られていることの確かさは微動だにしない。

似て非なるものという表現があるように、近しく見えるがまったく異なるものというのは世に多くある。幸運と幸福は必ずしも同じではないし、成功と幸福も同義ではない。動詞においても同質のことが起こる。「与える」と「分かち合う」は、一見するとその差が分かりにくいが、心のありようにおいては、まったく違う状況が背後にある。
「与える」というとき、主語になるのは、多くの場合、いわゆる強者だ。経済的に裕福な人が、経済的な貧困にあえぐ人に金銭を与える。金銭でなくてもよい。チャンスを「与える」ということもあるだろう。ここにはすでに、立場の強弱がはっきりと意識されている。また、私たちが「与える」というとき、与えるものは自分が所有している、あるいは自分の権限下であることを確信しているのではないだろうか。

いっぽう、「分かち合う」という現象は、与える、与えられるという関係とは別な場所でのみ行われる。分かち合うものの中心にあるのは、誰かが所有するものではなく、何ものかに与えられたものだからだ。自分のものであるよりも、何かのはたらきで自らの手もとにあると感じられるもの、それを人は分かち合う。

食料が限られた場所で、一つのパンを隣の人と分かち合う。それが本当の意味での分かち合いであるとき、パンを差し出した者は、自分がパンを「与えた」とは思わない。空腹なまま二人の人間がここにいる。分かち合わずにはいられない。それが分かち合いの源泉である。

インドで貧しい人々と共に生きたマザー・テレサは、貧しい人々は自分の「師」であるといつも語っていた。人は「師」に何かを与えることはできない。彼女は「与える」と「分かち合う」ことの差をめぐってこう語っている。

貯めれば貯めるほど、与える機会を失ってしまいます。持ち物が少ないほど、人々と分かち合うことも易しくなります。

（『マザー・テレサ　愛と祈りのことば』渡辺和子訳）

ここで「貯める」と表現されているのは、財産ばかりではない。私たちの内なる美徳も同じなのかもしれない。苦しむ人にそっと声をかけることは、その人に金銭を差し出すのとはまったく別な、しかし、深甚《しんじん》な意味と価値を持つのではないだろうか。

言葉は減らない。そればかりか、言葉は深いところから発せられるとその場所をより豊かにするという性質がある。言葉を分かち合う。言葉が魂の糧であることを、私たちはもう一度見つめ直してよいように思う。

眼のちから

人は誰も、日々、老いている。厳粛な事実だが、そういわれると少し嫌な気持ちがするかもしれない。しかし、老いとは、単に何かを失っていくことではない。漢字学者白川静が編んだ辞書『字通』を開くと「老」という文字には「老いさびる、ふるい」のほかに「なれる、すぐれる」という意味がある、と記されている。確かに、一見すると老人は、老いさびた者であるように見えることもある。だが、その内実は、生きることに精通し、精神において若者よりも優れていることは少なくないのではあるまいか。

白川静の辞書は、読み物としてもすこぶる興味深い。言葉は、物の名を呼ぶ記号などではない。「老」の一字を見るだけで明らかなように、それまで生きてきた人間たちの生き方の貯蔵庫だといってよい。喜びも悲しみも、成功も挫折も、迷いや苦しみも、そして大きな発見に至る道程さえも、一つの漢字のなかに意味として蔵されている。「老眼」という言葉にも「老人の視力の弱った眼」のほかに「老練の眼識」という意味もあるというのである。「老練の眼識」とは、人生経験を重ねたからこそ観え、感じられる洞察力だといってよい。

ある年齢になると誰もが老眼になる。近くのものが見えにくくなったり、光をかつてのように取り込めなくなったりする肉体的な変化だけでなく、「老練の眼識」が身についているのかもしれないのに、そう語る人は多くない。

「老い」という人生の劇の幕が上がるとき、「目」とは異なるもう一つの「眼」

が開く。「老練の眼識」を宿した人は、厳しく、ときに鋭く世の中を見つめるが同時に、容易に消えることのない温かみもまた備えている。
詩人の以倉紘平《いくらこうへい》は、詩作と並行して、三十余年間、夜間高校の教師をしていた。彼は当時の経験を『夜学生』（編集工房ノア）と題する著作にまとめている。彼はそこで「人間の行為というものは、冷たい目で見れば、すべて滑稽に見える。喜劇的に見えるものだ」と述べたあと、こう続けている。

結婚式の日に登校することも、バスガイドとの別れに涙をこぼすことも、冷たい目の人間には、別の映り方をしているのだろう。現代は、冷たい時代である。さかしらな時代である。

「目」は、世の出来事を効率的に判断する。だが「眼」は、「目」で見た世界の奥に隠れているものを見つめ、「冷たい時代」に熱を、「さかしらな時代」に心を取り戻そうとする。

「老眼」に気がついたときのことはよく覚えている。最初の本を書き終えたとき、ついこの間まではっきり見えていたものが見えなくなっていた。しかし、そのいっぽうで、目には見えない意味の世界を心の奥で感じ始めていた。

開眼という言葉がある。何かに目覚めることを指すが、同時に、それまで見えなかったものが観えるようになってくる、という意味でもあるだろう。「眼」には、見えないものを観るはたらきがある。言葉の奥に言葉たり得ない意味を感じるのが「眼」のはたらきにほかならない。

五つの眼

目の前にあるのに見えていない。老眼になるとそうしたことが日常になる。別ないい方をすれば、気がつかない自分を受け容れざるを得なくなる。

こうした老化現象に困惑し、いらだちを覚えたこともあったが、月日を重ねていくと感じ方も変わってくる。自分を疑うようになるのである。

自分を疑うというとあまり聞こえがよくないかもしれないが、自我が小さくなるといった方がよいのかもしれない。

ここでいう自我とは仏教でいう小我《しょうが》である。小我は人間であり、大我《たいが》は仏である。小我は大我の支えなくして生きることはできないが、そのことになかなか気が付けない。自分の力で生きているように思い込んでいる。

自分を疑わないとは、自信があることとの別な表現だが、こういうときの自信も小我の迷いだからすぐに過剰になりやすい。自信においても「過ぎたるは及ばざるがごとし」という理は変わらない。小我が大我に近づくのは、大きくなることによってではない。むしろ、小さくなっていくことによってなのである。

より精確にいえば、小さくなるのではない。大いなるものの存在をはっきりと認識し、己れの小ささを認めることにほかならない。老いとは、人生によってこうした脆弱《ぜいじゃく》な自信との訣別《けつべつ》を迫られることであるのかもしれない。

若さとは成長の時期の異名であり、大きくなることを志向する時節でもある。若いときはそれでよい。しかし、成長ではなく、成熟を求められるとき、いつまでも大きくなることを意図していると、道を見失うことがある。成長は上に向かって芽を伸ばすことだが、成熟は、大地に深く根を下ろすことだからだ。

老眼になって、絵の見方も変わった。かつては絵を前にして、目の力で美をつかむように見ていた。こうした見方でつかめるものも確かにある。しかし、それが美の本質かどうかは分からない。

「見よう」とするとき、私たちは見えるものだけを見て、それを現実だと思い込む。別ない い方をすれば、「見よう」とする目にはけっして映らないものがあることを忘れている。自分の目の不完全さを見過ごしている。

老眼になると、目の力は著しく衰えてくる。「つかむ」力がなくなってきたので、何かの訪れをじっと待つようになった。絵を前に胸を開き、たたずむ。かつてに比べると絵を見るのにも時間がかかる。

こうしたことを繰り返していくうちに絵との関係が変わってきた。いつしか美の方から心の扉を叩くように感じるようになったのである。それは、捕まえようとしていたときは、どうしても触ることのできなかった野鳥が、じっとたたずむようになると、鳥の方からやってくるようになったのに似ている。

かつては絵を目だけで見ていた。今はむかしの人がいう心の眼でも眺めているように思う。

仏教では五つの眼、「五眼《ごげん》」があるという。老眼になるのは肉眼《にくげん》である。不可視なものを観る「天眼《てんげん》」、智慧の眼である「慧眼《えげん》」、大いなる理である法《ダルマ》を認識する「法眼《ほうげん》」、そして仏の眼である「仏眼《ぶつげん》」である。

五つの眼が開かれるのは素晴らしいことなのだろうが、二つ目の天眼はすでに、視覚をはるかに超えた認識のはたらきである。それは、人の心にあって語り得ないものを感じるちからでもある。

誰にも言わない、あるいは、誰にも言えない大切なことは、どんな人の心にもある。大切なことほど言葉にならない、とさえいえる。他者の心をすべて知ることができないように、私たちは自分の心もまた、見通すことができない。

私たちはどこかで自分の心は、自分がいちばんよく分かっている、と信じている。しかし、天眼によってながめてみなくてはならないのは、他者の心であるより、自分の心なのではないだろうか。ながめるは「眺める」と書く。それは、単に事物を目にすることではない。ながめるとき、私たちがふれているのは、見えるものよりも、あるものの「兆し」である。『星の王子さま』の作者アントワーヌ・ド・サン＝テグジュペリが、「ながめる」ことをめぐって次のように書いている。

もしだれかが、何千何百万の星のなかにたったひとつしか存在しない花を愛したとしたら、そのひとはそれだけで星空をながめて幸福になれるんだ。そのひとは、〈あのどこかにぼくの花がある……〉と思うんだ。

（『小さな王子さま』山崎庸一郎訳）

肉眼の力だけでは、「星」に咲く「花」を見ることはできない。それには天を見る眼でもある天眼が開かれなくてはならない。

ここでの「星」は私たちの「心」であり、「花」は、その奥にある昔の人が「たましい」と呼んだものである。天眼は、遠くにあるものを見る眼ではない。私たちの内なる世界をながめる眼なのである。

黄金の言葉

鉱山から黄金を見つけられる人は限られている。よほど幸運な人でなければ、現代ではそういったことは起こらない。だが、「黄金」の一語を至上の価値があるものと読み替えてみる。するとまったく異なる地平が開けてくる。光り輝く金属を発見することはできなくても、自分の人生を照らす言葉とは、いたるところで出会えるのではないだろうか。

一九六一年に四十九歳で亡くなった越知保夫《おちやすお》という批評家がいる。愛や美や聖性、あるいは使命、死者といった、目に見える存在を支える実在と呼ぶべきものを生涯を賭《と》して探究した文学者だった。生前は、二、三の訳書のほか、関西の同人誌に作品を発表するだけで、自著を世に送ることのなかった人物だが、没後六十年以上を経た今もその作品は、新しい読者の手に迎え入れられている。越知保夫は、敬虔《けいけん》なカトリックの信仰者で、哲学者吉満義彦を師とした。同じく吉満に師事した遠藤周作が、越知保夫の作品にふれたときの印象を次のように書いている。

この評論集の著者、故越知保夫氏は作品の数も少なく、その名も中村光夫氏や山本健吉氏、平野謙氏のような一部の人を除いては文壇にもあまり知られていなかった。しかし私は砂漠のなかに金鉱を掘りあてたようなよろこびをもってこの本を読み終わることができた。

「砂漠のなかに金鉱を掘りあて」るとは、まったく予期しない、驚くべき、意味深い出来事の象徴なのだろうが、ここで考えてみたいのは、未知の人にそう言わしめる言葉の持つちからである。ここでいう「金」とは光っているとか価値が高いということだけを意味しない。それは腐蝕することなく、光を失わない何かを指しているのだろう。

こうした言葉は、本や雑誌、あるいはテレビといった場所でほかの人から発せられる場合もある。だが私たちは自分が真に必要としている言葉を、自らの手で書くこともできる。

二〇一七年、私ははじめて詩集を出した。文筆で生計を立てるようになっても、自分が詩を書くようになるなど思いもしなかった。しかし書いてみると、詩は、人生にあってもなくてもよいものではなく、なくてはならないものだと感じるようになった。

ここでいう「詩」とは、教科書に載っているような作品だけを指すのではない。それは、簡単には言葉にならないおもいであることを知りつつ、書かずにいられない、そうした心持ちで記された言葉の総称である。

大切な人への手紙、恋文、あるいは遺言を書くとき、多くの人はこうした態度でペンを執《と》るのかもしれない。

「読むと書く」という少人数制の講座を行っている。そこに集う人のほとんどは、これまで、まとまった文章を書いたことはないが、心のどこかでは書いてみたいと思っている人である。

参加者は、千人を超えた。その多くが、いつからか詩を書くようになった。そして、その詩が本当に素晴らしいことに驚いている。ほめられるため、評価されるためではなく、自分が確かに感じていることを、懸命に言葉という器に移し替える。そのとき私たちは、心の暗がりを照らす力強く、美しい黄金の言葉に出会う。

詩集を残して亡くなる人は、多くない。詩集を出してみるまでは、このことに疑問を持つこともなかったのだが、今の実感はまったく異なる。すべての人が、内なる詩人を宿している。誰もが少なくとも一冊の詩集を内に秘めている。そう確信している。

心の水

心が渇く、心が干上がる、あるいは、心の潤いが無くなった、ともいう。水がなくては身体の均衡を保つことができないように、心にもまた、水を注がねばならない。

のどが渇けば、誰にたずねることなくコップで水を飲む。だが、心に渇きを感じるとき、私たちは何をしたらよいのだろう。

人生はしばしば荒野に喩えられる。荒野にあって、のどの渇きを感じる。水筒を持っていなければ誰かに水をくれと頼みこまなくてはならない。そこに人がいればよいが、誰もいなければ黙ってからだが弱っていくのを待つほかない。

人生という名の荒野で、心の渇きを癒そうとするなら別な道がある。傍らに誰もいなかったとしても、自らに向かって言葉を紡げばよい。

のどの渇きを癒すのが水であるように、心の渇きを癒せるのは言葉である。心に渇きを覚えたとき、私たちがほとんど本能的に言葉を求めるのはそのためだ。

他人に宛ててであれば手紙を書けるが、自分宛てに手紙を書くことはなかなかできない。書き始めても途中で滑稽に思えてくるだろう。

しかし詩なら、自分以外、誰も読んでくれなかったとしても書けるのではないだろうか。誰にも見せたくない、そう思いながら詩を書くことさえある。

詩など書いたことがない、という人も多いに違いない。いつの間にか詩は、世に「詩人」と呼ばれる人のものになってしまった。だが、昔からそうだったのではない。貴族が詠んだ和歌とは別に「歌謡」と呼ばれる民衆の歌があり、俳句は、その発生から民衆のものだった。詩もまた、民衆の手に戻ってよい。
沖縄に生まれた山之口貘《やまのくちばく》（一九〇三～一九六三）という詩人がいる。貧しい生活のなかで切なるものを詩に歌い上げ、読む人々を魅了した。「生きる先々」と題する作品で彼は、詩はあった方がよいものではなく、なくてはならないものであると書いている。

僕には是非とも詩が要るのだ
かなしくなっても詩が要るし
さびしいときなど詩がないと
よけいにさびしくなるばかりだ
僕はいつでも詩が要るのだ

ひもじいときにも詩を書いたし
結婚したかったあのときにも
結婚したいという詩があった

ここで歌われている「詩」は、文学作品としての詩であるだけでなく、詩情と呼ぶべき心のありようでもある。詩情とは、出来事のなかに意味を見出そうとする衝動であり、見えるものの奥に見えない実在を感じようとする試みの源泉でもある。そして、過ぎ去るものに永遠なるものを見出そうとする祈りのような営みの原動力でもある。

詩を書いたことのある人は少ないだろう。しかし、祈ったことのない人はいないのではないだろうか。特定の信仰を持たなくても、人は祈らずにいられないことがあるからである。

詩を書こうなどと思わなくてよい。祈りをそのまま言葉にする。切なるものを求める姿をそのまま素直に言葉にする。そこに生まれ出るものは世に二つとない自分への「手紙」となり、その言葉は、自ずと詩になっているのである。

時を取り戻す

もう数年前になる。突然、テレビの音が出なくなった。十分くらい経つと突然、音がする。そのままにしておいたら、ある日、画面も映らなくなった。新しいものを買おうと思ったが、機種選びに手間取っているうちにテレビを見ない生活が始まった。驚いたのは、まったく生活に支障がないことだった。それどころか明らかに時間の流れが変わった。テレビを見ないという簡単なことでここまで生活に変化があるとは思わなかった。「私の時間」が戻ってきたのである。

ミヒャエル・エンデが書いた『モモ』というファンタジーの名作がある。この作品は「時間どろぼう」の話であるといわれる。誤りではないのだが、それだけではこの物語の本質を言い当てているとはいえないかもしれない。『モモ』というのは主人公の少女の名前で、彼女と人間から時間を奪う「灰色の男たち」との「たたかい」をめぐって話は展開する。「たたかい」といっても力や武器を用いてするのではない。ここで問われているのは、心のちから、さらにいえば魂のちからと呼ぶべきものなのである。

「灰色の男たち」は、出会う人たちにもっと効率的に時間を使えという。お金になること、力を持つこと、虚栄心を満たすことに時間を割くべきで、愛や信頼、励まし、あるいは慰めのようなものに時間を割くのは浪費に過ぎないという。「灰色の男たち」に説得された者たちは社会的繁栄を実現する。望んでいたものを手にするのである。

そのいっぽうで、かつてはもっとも大切にしていたものを見失う。それは愛する人と自分自身、すなわち、生活とは異なる人生の意味だった。

テレビだけでなく、パソコンやスマートフォンといった便利なものは、気を付けて用いないと私たちの時間を奪う。『モモ』が書かれたのは一九七三年で、ちょうど五十年前になる。当時は、ＳＮＳはもちろん、インターネットもなかった。改めてこの作品を読みながら、背筋が寒くなったのは、「灰色の男たち」がスマートフォンとなってよみがえったように感じられたからだった。

人は、お金を貸してくれといわれると、たいていの場合、渋い顔をする。いっぽう、さほど有益ではないことに時間を奪われても、不快感を覚えない場合がある。本当に限られているのはどちらなのだろうか。「時は金なり」といった人がいる。ここでの「金」は金銭というよりも価値あるもの、というほどの意味だが、私たちは価値のありかを見失っているのかもしれない。

私の場合、生活が変わると読書が変わる。たとえ困難のときでも、生活に充足があると、必要な本が――より精確には言葉が――どこからかやってくる。時間を取り戻さなくてはならない、そう心を新たにしていたとき、かつて読んだことのある詩が、静かに訪れてくれた。茨木のり子の『倚《よ》りかからず』に収められている「時代おくれ」と題する一篇だ。

車がない
ワープロがない
ビデオデッキがない
ファックスがない
パソコン　インターネット　見たこともない
けれど格別支障もない

そんなに情報集めてどうするの
そんなに急いで何をするの
頭はからっぽのまま

すぐに古びるがらくたは
我が山門に入《い》るを許さず

数年前、茨木のり子が暮らしていた家を訪れる機会があった。三十年ほど前の生活が、そのまま生きているような空間だった。

容易に古びることのない言葉は、こうした場所からひと文字ひと文字つむがれ、世に放たれていったのである。

拙いものと切なるもの

何であれ、拙いところなどないほうがよいに決まっている、そう感じるかもしれない。だが、拙いことが、大きな、というよりもかけがえのない魅力になる場合も少なくない。

最後の食事に何を食べたいかという会話はしばしば交わされる。はじめは、冗談交じりで今まで食べたいちばん豪華なものを挙げることもあるだろうが、話が真剣になってくるほどに、私たちは身近な食べ物に関心を寄せ始める。

ある人は、母親が作ってくれた素朴な料理を、また、ある人は人生の伴侶の作るものを想い浮かべるかもしれない。ともあれ、他人にはその意味が分からないようなもので胸がいっぱいになってくる、そんな人も少なくないだろう。それらには、ある意味では「拙さ」が残っている。しかし、ほかの誰も作ることができない、世にただ一つのものであることを想い出すのである。

近代日本を代表する思想家の鈴木大拙（一八七〇～一九六六）という人物がいる。本名は貞太郎で、大拙という名前は、仏道における修行者としての名前で居士号《こじごう》と呼ばれる。

大拙というときの「大」は、小さいの対義語ではない。語感としては「超」に近い。大拙とは、拙なることを包み込みながら超えていくことにほかならない。拙なるものは、切なるものの淵源である、ということも、大拙という名には込められているように思われる。

拙きものを愛《いつく》しむことで、切なるものになる。そうしたことを人は、生涯で幾度か経験するのではあるまいか。拙さが残る身近なもの、詩人のリルケは、そうしたものを「日常の富」と呼び、それは詩が生まれる源であるといった。

もしあなたの日常があなたに貧しく思われるならば、その日常を非難してはなりません、あなた御自身をこそ非難なさい。あなたがまだ本当の詩人でないために、日常の富を呼び寄せることができないのだと自らに言いきかせることです。

（『若き詩人への手紙』高安国世訳）

日々の生活が貧弱なのではない。日常に貧弱さしか見出せていない自分をもう一度顧みるがよい、というのである。

似たことはさまざまな場面で起こる。たとえば、嫌いな人から発せられる言葉によきものを見いだすのが困難であることを想い出すだけで、リルケの言葉が真実であることに気が付くだろう。

先に引いた一節は、これから詩を書こうとする若者に送られた手紙に記されている。リルケがここで若き詩人に戒めているのは、人生を表層的にとりつくろうことである。

同じことは文章にもいえる。

繰り返し直していれば「かたち」は整ってきて、見栄えはよくなる。その一方で、「姿」が失われてくる場合がある。手を入れる前は、確かに未成熟だったが生命感はあった。直していくうちに外見はよくなるが、いのちが封じ込められていく。

心から心へ言葉を送り届けたいなら、悲しみ、怒り、苦しみ、迷い、焦り、そうしたものもありのままに伝える必要がある。そして、その言葉はいつも、かけがえのない拙さを伴っていなくてはならない。

流暢《りゅうちょう》な告白、こうした言葉はほとんど意味をなさない。私たちはそこに隠された偽りがあることを直観的に感じ取るからである。

最期の言葉

余命が限られた人が、最期の日々を過ごす「ホスピス」と呼ばれる施設がある。そこには医師も看護師もいるが、積極的な治療はしない。痛みや苦しみを和らげる「緩和ケア」が施される。近年では緩和ケアは、必ずしも終末期に行われるとは限らないが、終末期に緩和ケアが必要であることは変わらない。

かつては、病に関することは本人には知らされないことも少なくなかった。家族だけがその事実を知らされる、という時代があった。だが、現代は違う。ホスピスに入所する人たちの多くは、自分の最期が遠くないことを知っている。もちろん、家族も、である。

もう十余年ほど前になるある時期、ホスピスに通い詰めたことがある。仕事上の恩師が余命宣告を受け、ホスピスで最期の日々を過ごしていたのである。二時間半ほどかけて赴《おもむ》くのだが、訪ねても長くは話せない。ただ、このとき、意味の凝縮と呼ぶほかないことを幾度も経験した。少ない言葉のなかに、汲《く》めども尽きぬ意味が宿るのである。

彼は、かつての上司だった。当時は、この上なく厳しい人のように感じていたが、独立して会社を創業してみると、彼こそが自分の未来を見据えてくれていたことに気が付いた。このことに深謝をもって応えることができたのは、その会社を辞めて一年半ほど経過してからだった。

最後に訪れたときのことだったように記憶している。彼は申し訳なさそうにこう言った。

「長い時間かけて来てもらったのに申し訳ないが、今日は、これくらいで帰ってもらっていいか。これから牧師の話を聞いてやらなくちゃならないんだ」

キリスト教系のホスピスだったので、逝きつつある人の話を聞くために、頻度高く牧師が訪れるのだった。かつての上司は信仰者ではなかった。しかし、死を前にしてたじろがない姿には信念以上のものを感じた。

あのとき彼は確かに牧師の話を「聞いてやらなくちゃならない」と言った。彼にも藁《わら》にもすがる思いで宗教者に訊《たず》ねてみたいことがあった、と考えることもできる。しかし、あのとき彼が体現していたのはまったく異なる情景だった。逝く者として、これからも逝きつつある者たちに接する宗教者に死とは何かをめぐって語っておかなくてはならないことがある。そんな小さな決意を秘めているように感じられた。

人はいつか死ぬ。むしろ、必ず死を迎える。さらにいえば、日々、私たちは止まることなく、死に向かって歩みを進めているとすらいえる。だが死は、不可避な出来事であるだけでなく、ある意味では人生におけるもっとも貴い営みなのかもしれない。

死に向き合うとき、周囲にどんなに多くの人がいても、ひとりで逝かねばならない。死が「貴い」のは、そこには、ほかの人には見えない勇気が必要であり、その人が感じている以上のものを、その姿にふれる者たちに遺していくからである。逝く者は皆、勇者である。そして、逝きつつあることを自覚し、日々を生きる者たちが体現しているのも、見えないものにたじろがない、という、真の意味における勇気であるように思われる。私たちは逝きつつある者を守ろうとし、ときに慰めようとする。しかし、まず行うべきは、こうした勇者に学ぶことなのではないだろうか。

今日のようにホスピスが建設されるようになったきっかけを作った人物に、エリザベス・キューブラー＝ロスという医師がいる。スイスに生まれ、のちにアメリカに渡った。亡くなりゆく人たちの姿と声をまとめた『死ぬ瞬間』（鈴木晶訳・中公文庫）という本が世界的なベストセラーになり、社会は、いかに死を迎えるか、という問題に目覚めたのだった。

彼女に『生命ある限り　生と死のドキュメント』（霜山徳爾／沼野元義訳・産業図書）という本がある。そこには彼女の言葉だけでなく、死が迫っている人の手記も収められている。ある人がこんな言葉を遺している。

悲しみだけが
わたしの中にある。
泣きたくはないけれど

苦しくて泣く。
だが昨日ほど辛くはない。
悲しみのためにだけ
空席がある。

あした
そこになにを置こう。

ここに刻まれているのは、ほんとうのことだ。一見すると嘆きの歌のように見えるが、それに終わらない。ここに刻まれているのは、身体的生命が「いのち」へと変貌する道程である。

悲しみと苦しみは、「あした」へと導き、運命を受け止めるに十分な余白を人生に準備するというのである。

人生の土壌

言葉は、この世で起こるさまざまなことの貯蔵庫である。水という一語には、今日、飲む液体から遠く北極海を流れる水まで、あらゆる水が意味として含まれている。「花」「風」「人」など、すべての言葉には、私たちの想像をはるかに超えるちからが宿っている。私たちは通常、言葉に宿るすべてのエネルギーを用いていない。用いる力量が人間に備わっていないのである。

だが、おもいを深めて言葉を発するとき、自分が予想していたよりもはるかに豊かな意味が発せられることがある。言葉が、その人の意図を超えて働くのである。

人生は、さまざまなことに影響を受ける。自分の身の上に起こったことだけでなく、身近な人にまつわることはもちろん、不況や天災といった、避けようのない出来事も大きく生活を変える。だが、こうしたことだけでなく、たった一つの言葉との出会いも人間の人生を大きく動かすちからを持っている。

さらにいえば、それは言語の姿をしているとは限らない。哲学者の井筒俊彦の表現を借りれば「コトバ」と呼ぶべきものとの遭遇は、人生を根底から変えることである。フランスの作家ロマン・ロランは、若き日、何度も生きるのを諦めそうになることがあった。そうした日々から彼をすくい上げたのはベートーヴェンの音楽であり、彼自身の存在だった。この孤高の音楽家をめぐってロマン・ロランは次のような一節を遺している。

それはけっして抽象的な英知ではなく、彼の音楽の魔力によって私の血管にそそぎこまれた血液であった。それは脈管を通って肢体のすみずみまで滲《しん》透《とう》し、私の肉となり思想となった。これは理性には理解できない深い生命の奇蹟である。

（ロマン・ロラン「序」『ベートーヴェン　第九交響曲』蛯原徳夫／北沢方邦訳・みすず書房）

いのちの復活は「理性には理解できない」かたちで実現される。ロマン・ロランの言葉が真実であるなら、私たちは理性的に思考し、自分を絶望に追い込むのはやめた方がよい、ということになる。

もうできることはない。だめに決まっている。何度考えてもそうなのだ。考えるとそうなるのかもしれない。しかし、出来事は「理性には理解できない」道すじを経て、ある場合は突然、私たちを光のもとに導くのではないだろうか。

考えるのが無駄なのではない。しかし人間というのは考えているつもりでも、いつしか「思い込む」ようにもなるのである。悩んではならない、考えるのだ、と語り続けたのは哲学者の池田晶子だが、彼女がいう「悩む」とは、別な表現でいえば「思い込む」ことだといってよい。

ある出来事があって詩を書き始めた。最初の詩集を出してから六年ほどしか経っていないのだが、詩を書く前の人生と今ではまったく色合いが違う。詩を書くことで人生の一語に出会った。

詩とは、言葉にならないおもいをどうにか言葉によって浮かび上がらせようとする営みにほかならない。だから、詩の文字を読んでいるだけでは、詩を味わうことができない。かつての私も詩を読まなかったわけではないが、読んでも深く味わうことがなかった。文字の読み方、意味の理解の仕方を知っていても、「味わう」ことができない。

食べ物に置き換えてみるともっと身近に感じられるかもしれない。ある料理を口に入れる。隠し味も産地も分かる、ということは、考えることをやめてひたすらに味わうこととは違う。

味わうとは、意味を解釈することではない。書き手が強く感じながらも言葉にできなかったことをすくいとろうとすることである。

誰の人生にも語り得ない大切なことがある。むしろ、そうしたことが私たちの人生の土壌になっている。どんな「土」が自分の心にあるのかを知れば、どんな種をまけばよいのかが分かってくる。「土」の状態を知れば、どんな肥料が必要なのかも自ずと見えてくるのではないだろうか。

尊い姿

世の中には、語ることが不得手な人がいる。深遠なおもいをこころに宿していながら、それを十分に言葉にすることができない。なかには語らずに体現するほうが美徳であると考える人たちもいた。私の父親もそうした人間のひとりで、子どもながらに父はどうして母にもっと感謝のおもいを表現しないのかと感じていた。

そうしたことを母に話したことがある。母もそうだというと思っていたが、返ってきた言葉は違った。

「夫婦には夫婦にしか分からないことがあるのよ」とそっと言った。

二十歳になったばかりの頃だった。自分が幼いのだと遠まわしに告げられたような気がして、あまりよい心地ではなかった。

だが、五十歳を超えてみると、まったく違った実感がある。年を重ねるとは、言葉にできることを多く持つのではなく、語り得ないものを心に積み上げていくことなのではないだろうか。

仕事がら、詩を書くきっかけをめぐる質問を受ける。具体的な経緯もあるのだが、半世紀を生きてきて、語り得ないものが心に積み上がったからだというのが現実に近い。詩は読むものでもあるが、書くこともできる。

詩を愛読はしているが、書くとなるとむずかしい、そう感じる人も多いかもしれない。けっしてそんなことはない。大切なのは、語れることを文字にするのではなく、言えないことを感じながら言葉をつむぐことだ。それがほとんど唯一の詩のおきてだといってもよい。

同質のことは人間関係においてもいえる。なぜなら、詩情がもっとも豊かに行き交うのは、人と人のあいだだからである。誰かと心を通わせるとは、見えないコトバによって詩を世に生み出すことだとすらいえる。

父の言ったことは覚えている。今もそれを反芻《はんすう》することがある。だが、彼の生前、私が気が付かず、それゆえに受けとめきれなかったのは、彼が胸に秘めたことであり、彼が私に、もっとも伝えたいと願ったこともまた、言葉にならないという厳粛な事実だった。

おそらく私は父を知らない。四十年を超える歳月をともにし、しばしば言葉も交わしたが、彼の真実の姿を知るには遠かったように思う。

沢木興道（一八八〇〜一九六五）という曹洞宗の禅僧がいる。生涯、寺を持つことなく、行き得るところに足を運び、仏道を説き、坐禅を広めた。彼が、酒井得元《とくげん》という「弟子」に——沢木は、いわゆる「弟子」を持つという認識はなかった——自らの生涯を語った『沢木興道聞き書き』（講談社学術文庫）という本がある。そこで彼は、人間のもっとも尊い姿をめぐって次のように述べている。

どんな人間でも、一ばん尊いのは、その人が真剣になったときの姿である。どんな人間であろうと、ギリギリの真剣な姿には、一指も触れることのできない厳粛なものがある。

短くない時間、父と過ごしたように思っていたが、私は父の「尊い」姿を知らない。彼が体現する沈黙のコトバを知らないのである。

息子である私が知っている父は、疲れて家に帰ってくる男である。働くということはときに「たたかい」である。息子は、たたかう父親の姿を知らない。むしろ、たたかい疲れた姿だけを知っている。こんな単純なことも私は、父の葬儀に、父の会社の同僚たちが多く参列する姿を見るまで分からなかったのである。

よろこびの花

あまりに深い悲しみに襲われると、よろこびを感じられなくなることがある。悲しみとは、よろこびが無くなったというよりも、よろこびとのつながりを見失った状態だといった方がよいのかもしれない。

悲しみが深まると「よろこび」という言葉とのあいだにすら、薄い、しかし簡単には打ち破れない透明な壁のようなものを感じることもある。ある時期、私はそんな日々を過ごした。

どんな人にも、かつては親密だった言葉との関係が、希薄になるという経験はある。きっかけはさまざまだ。大きな出来事が契機になる場合もあれば、時が流れていくうちにそうなる場合もある。

だが、別な見方もできる。見失われた言葉との関係は、別な言葉との関係が回復されるなかで取り戻されることも少なくない。私は、悲しみという言葉との関係を深めることで「よろこび」のありかを新たに見出し、悲しみが単なる悲痛、悲嘆の出来事に終わらないことを知った。

若いときは、「よろこび」の反対にあるものが「かなしみ」だと思っていた。ある出来事を境に悲しみだけでなく、哀しみ、愛しみ、美しみと書いても「かなしみ」と読むように、この世に、さまざまな「かなしみ」があることを知った。

愛しみ、美しみと書いても「かなしみ」と読むのは、真に愛したものを失うときにだけ、人は真の「かなしみ」を感じるからであり、その感情は、言葉にできないほどに美しいものだからだろう。

辞書で「よろこび」という言葉を調べると、喜び、歓び、悦び、慶びなど、さまざまな「よろこび」があるのが分かる。

喜びは、個的なよろこびでもあるが、複数の人と共によろこぶことでもある。歓びは、歓声という表現があるように、声を上げてよろこぶことだが、悦びは、愉悦というように、ひとりよろこびに浸る語感がある。慶びは、結婚などの慶事をよろこぶことだ。

ある日、不思議な夢を見た。すでに受容できたと思っていた悲しみも、心の奥ではまだ、受け止められておらず、これからも自分は事あるごとに苦しまねばならない、という夢だった。夢であることは分かっている。しかし、夢なのだが、起き上がるちからをそぐような威力を持っていた。

不思議だと思ったのは、容易に立ち上がれないほどの衝撃を受けながら同時に、夢のなかの無意識がまったく別な光景を感じ取っていたことだった。胸が苦しくなるような悲しみの襲来を経験しながら私は、同時にそれとはまったく異なるものの存在をはっきりと感じていたのである。

夢では時折、賢者が言葉を超えたもう一つのコトバを語る。姿の見えない叡知《えいち》の人はこう語っているようだった。

「どうしてもお前は、悲しみの底まで来なければならなかった。その奥にこそ、慰めの泉があるのだから。水はけっして涸れない。お前は、ここから汲みとったものを、人々に手渡していかねばならない」

真のよろこびは、かなしみという扉の奥にある。こうしたことは、どんな辞書を調べても記されていないが本当だ。

人生においては、かなしみの道の果てに、気高く咲く一輪の花のように「よろこび」が待っていることもある。

いのちのコトバ

あるときから、うまいだけの絵や言葉にあまり心を動かされなくなった。感動を表現するとき、熱いものが流れるというが、この「熱いもの」を感じることができないのである。「うまい」ものは世にいくつもある。だが、「ほんもの」はいつも世に一つしかない。私たちが感動するのは、世に一つしかないものに直面したときなのではないだろうか。

ここでいう「ほんもの」とは、美術品の真贋《しんがん》に関するものではない。打ち消しがたい経験そのものである。分かりにくいと感じるかもしれない。それは物体に固執すればそうなる。もちろん、本当の「モナ・リザ」は世に一つしかない。

だが、ことを言葉に置き換えてみたらどうだろう。「ありがとうございます」という言葉は世にあふれている。しかし、私たちはありふれた表現のなかに「ほんもの」を感じ、長く記憶に留めることがある。むしろ、感動とは、世にあまたあるように見えるものに、固有ないのちを宿すことである、といえるのかもしれない。

疲れたとき人は、美しいものを求める。美しいものは、ふれるものに安堵をもたらす。このことを知りながらも現代人は、疲れを癒すのではなく、違ったもので疲れをごまかすことが多くなったのではないだろうか。

美しい絵がある。美はどこにあるのだろうか。美が絵にあるのであれば、絵から離れてしまえば美は失われることになる。それは私たちの生活実感とは違う。

美の経験は、「もの」から離れても消えることがないばかりか、胸のうちで育っていくことすらある。

絵画に限らない。美しい何かは、私たちのなかにすでに内在する美を目覚めさせる。美の経験とは、涸れることのない美の泉と呼ぶべきものを再発見していく道程なのである。芸術経験とは、傑作を見たことに終わるものではないだろう。むしろ、作品と自己との関係を通路にしながら、感動という不可視な美を世に生み出すことなのではないだろうか。

二〇一八年の六月に刊行された『いのちの花、希望のうた』（ナナロク社）と題する画詩集がある。作者は画家の岩崎健一と詩人の岩崎航《わたる》だ。二人は兄弟で、健一が兄、航は弟で、二人は七歳離れている。

二〇一三年、岩崎航は『点滴ポール　生き抜くという旗印』（ナナロク社）という詩集を刊行し、大きな話題になった。この詩集は多くの人にちからを与えた。

この詩集を手にしなかったら、私も詩を書こうとは思わなかったかもしれない。『いのちの花、希望のうた』には、航の詩とともに健一の画が収められている。

哲学者の井筒俊彦は、言語に留まらない意味のあらわれを「コトバ」とカタカナで表現した。詩人の航にとっては、言葉がコトバだが、健一にとっては色と線がコトバなのである。だからこそ私たちは、目に見えない心の絵筆で描かれた絵を見るとき、そこに一つの「物語」を読み、言葉では語り得ない人生の真実を発見するのである。

詩は、言葉で「絵」を描こうとする営みであり、絵とは、色と線でつむがれた「詩」だともいえる。そして二人が共に長けているのは、余韻、余白というコトバの用い方なのである。岩崎航はほとんどの詩を五行で書く。

弾力を失った

闇の中の魂に
生きゆく力を
蘇生させるには
自ら光となるのみだ

この詩が表現しているのは、自ら光にならなければ生きていけない人生の暗がりだけではないだろう。人は誰も朽ちることのない光をわが身に宿しているという現実なのである。

健一、航は、ともに筋ジストロフィーという大きな試練を背負いながら生きている。私たちは病名を突きつけられると、病を見て人から目をそらすことがある。誤解を恐れずにいえば、二人の作品は、病は存在しない、病を生きる人間が存在するだけだ、そう語っているようにも感じられる。

自分のなかにいる人間を確かめたいとき私は、二人の作品に向き合う。そして、二人が体現している美を前に、しばし頭を垂れ、再び生きようとするのである。

いのちの使い方（一）

立正佼成会の開祖記念館に行った。開祖とは庭野日敬《にっきょう》（一九〇六〜一九九九）である。立正佼成会は、法華経を根本経典とする在家の宗派で、一九三八年に立教し、戦後、民衆から大きな支持を集めた。諸宗教間の対話、宗教者による平和運動においては指導的な役割を果たした。庭野は、カトリックの大改革、そして宗教間の対話が始まる契機となった第二ヴァティカン公会議にも正式招待者として参加している。

庭野日敬の存在を知ったのは高校生のころだった。古書店で彼の自伝を目にしたのがきっかけだった。どんな人かはもちろん、名前の読み方も知らなかった。しかし、何か強いつながりのようなものを感じて、本を買って帰った。すぐにそれを読んで影響された、というのではない。むしろ当時は、買ったことで役目を果たしたような気もして読み切らないまま長く書棚にあった。本格的に彼の言葉、存在と向き合うことになるのは、四半世紀以上もあとのことである。記念館を訪れたのは、語り部の川手康太郎氏の話を聞くためだった。氏は、かつて会の副理事長を務めた人物で、年齢も九十歳を超えている。庭野とのつながりも深い。

会場に着くと、席はおよそ埋まっていて、後ろの方に座った。司会の人が、静かに、温かみをもった声で川手氏を紹介していた。今までもお願いしていたが、「高齢だから、今回を最後にしてほしい」と言われたと話してもいた。

講話は、法華経との出会い、というよりも、開祖である庭野日敬、脇祖と呼ばれる長沼妙佼、両師との出会いと交わりをめぐって語られた。

氏は、落ち着いた言葉で、難解な表現を何一つ出さずに話し続けた。「あたま」で知ったことではなく、「こころ」で感じたことだけを話しているのは、初めて話を聞く私のような者にもよく分かった。あるとき氏は、静かな、しかし、確信をもった口調でこう語った。

「結局、私が教えていただいたのは、いのちの使い方ということだったと思うのです」

それは考え抜かれた言葉というよりも、生き抜かれた言葉のように感じられた。いのちの使い方、いのちの用い方といってもよいかもしれない。さらにいえばいのちの原則、いのちの公理という言い方もできるだろう。この話を聞きながら私は、教皇フランシスコが『使徒的勧告　福音の喜び』で書いていた次の言葉を想い出していた。

いのちは与えることで強められ、孤立と安逸によって衰えます。事実、いのちをもっとも生かす人は、岸の安全を離れ、他者にいのちを伝えるという使命に情熱を注ぐ人です

ここでいう「いのち」とは、その人を、その人たらしめている存在の「はたらき」であると同時に、私たちが自分以外の存在と交わる「場」である。人は、「いのち」と「いのち」で交わるとき、真に信頼や情愛と呼ぶべきものが生まれる。

「あたまの使い方」や「からだの使い方」は、学校や職場でも学ぶことができる。しかし、現代社会では、「いのち」とは何かを考えることはほとんどない。宗教

とは、「いのちの使い方」を体得する道である、と川手氏は信じているのだろう。彼はそう語ったのではない。しかし、そう体現しているように私には感じられた。

キリスト教の『新約聖書』の「マタイによる福音書」には、「善い木は善い実を結び、悪い木は悪い実を結ぶ」（フランシスコ会聖書研究所訳注）という言葉がある。ここでの「木」は、「宗教」を意味し、「実」は、それを信じる者を指していると読むこともできる。

川手氏の話を聞きながら、この一節も想い起こしたりもした。

いのちの使い方（二）

「命《いのち》」という言葉をめぐって考えることが多くなっている。命を大切にしなくてはならないと人はいう。しかし、命が何であるのかが分からないままではそれを愛《いつく》しみきることもできない。

延命というときの「命」と運命というときのそれは同じではないだろう。懸命というときの「命」と天命のそれも同じだとは言い難い。複数の命がある、と言いたいのではない。しかし、「命」には異なる層があるのかもしれない。

生命体というときの「生命」と、「いのち」を感じるというときのそれも同義ではない。むしろ現代は、人間を「生命」的にばかりとらえていて、「いのち」としての側面を忘れている。

「生命」の活動は数値で測れる。だからこそ、測れなくなると死を宣告される。だが「いのち」のはたらきを計測することはできない。

科学が考える「生命」は、亡くなったあとは存在しない。人命が「生命」と同じであれば、死後はその尊厳は無視してよいことになる。だが、人はそう感じていない。命の尊厳は亡くなってからも続く、と私たちは感じている。

ここでは死のあとも存在し続けると感じているものを、「いのち」と書くことにする。死とは、生命の状態から純粋な「いのち」へと変容することだといえるかもしれない。

「生命」は、心よりも身体と深く関係している。着飾れば身体はよく見え、経済的に豊かな者は、生命力にあふれているように映ることもある。だが、そうした人が、充実した人生を送っているとは限らないことを私たちは知っている。「生きがい」は、「生命」よりも「いのち」に深くかかわる問題だからだ。庭野日敬も「生きがいとは、生命の充実感」であると述べ、こう続けている。

ものごとに接し、ものごとを行ない、あるいは、ものごとを期待するとき、自分の心身の中で生命が躍動するような喜びを感ずる……これが生きがいの実体であるといえましょう。

もちろん、その喜びは、意識の上だけの浅いものではありません。心のもっともっと深いところに感ずる喜びです。いわば、いのちそのものが喜ぶのです。

（『庭野日敬法話選集』1）

「いのち」の世界をよみがえらせること、それが信仰の原点なのかもしれない。そして、死とは、「生命」がその役割を終え、「いのち」として新しく生まれることなのかもしれないのである。

先の庭野の一節を読みながら、もしこの人物が二十一世紀に生きていたら、「よろこび」をめぐって教皇フランシスコと意味深い対話をしたのではないかと想像したりもした。先にも引いた『福音の喜び』で教皇はこんな言葉を書き記している。

わたしにいえるのは、わたしが人生において見てきた、もっとも美しく自然な喜びは、固執するものをもたない貧しい人々のうちにあったということです。そしてもう一つ思い出すのは、重要な専門の仕事に打ち込みながら、信仰心と、無欲で単純な心を賢明に保っている人々の真の喜びです。

同じ言葉が庭野の本のなかにあったとしても驚かないばかりか、彼への信頼を深めることになったと思う。

「固執するものをもたない貧しい人々」「無欲で単純な心を賢明に保っている人々」は世に多くいる。しかし、私たちはまだ、彼、彼女たちに深く学ぶ方法を十分に知らないのである。

教皇は神学校の責任者だったとき、貧しい人を助けようとするだけでなく、その人たちに学ばねばならないと語っていたという。同質の言葉を庭野は『自伝』の「まえがき」に書いている。

どんな相手でも私にとってはすべてが求道の師であり、私を高めてくれた菩

薩であると、心底から思っている

彼の生涯には多くの試練があった。誰かに向かって拳を振り上げそうになるとき、人は、その手を振り下ろすのではなく、その人のために祈るように、静かに指を折り重ねることもできる、と開祖はいうのである。

見えない手

自分のたましいを
見えない手で
抱きしめる方法を
学ばねばならない
どうしても

苦しいと感じるとき
涙も流さずに
泣かねばならないとき
誰もいない場所で不安と
闘わねばならないときも

人は誰も　必要なとき
自分のたましいを
きつく
抱きしめられることを
忘れてはならない

言葉のひびき――あとがきに代えて

「読むと書く」という自主講座を始めて十年になる。この本を書きながら、しきりに十年の歳月を想った。最初に講座を行ったのが、やはり夏の時期だったからかもしれない。

二〇一三年というと本を数冊出しただけで、テレビやラジオに出演したこともなく、外部で行った講演も数えるほどだった。立ち上げても誰も来ないのではないか。数回は行えても、遠からず終わりを迎えるのではないかという思いもあった。十年の歴史にはある感慨を覚える。

始めたのには理由がある。それまで行っていた仕事で、会社が吹き飛んでもおかしくない損失が出たためだった。薬草を商っていたのだが、法律の改正で輸入していた製品が販売できなくなったのである。

できることはすべてやる。自分に言い聞かせるようにしながら同僚を前にそう言った。

あのときほど頭を下げたことはない。雑誌を出している出版社に赴き、連載できるように交渉し、なるべく書籍になるように仕事をした。仕事人としての人生を営業から始められたことにも感謝した。こうした背景のなかで会社の事務所で始まったのが「読むと書く」という講座だった。

初回のテキストは小林秀雄の『考えるヒント』に収められた「言葉」と題するエッセイだった。冒頭で小林は「姿ハ似セガタク、意ハ似セ易シ」という本居宣《もとおりのり》長《なが》の言葉を引きながらこう続けた。

ここで姿というのは、言葉の姿の事で、言葉は真似し難いが、意味は真似し易いと言うのである。

世のなかには、逆ではないかという人もいるかもしれない。確かに、言葉を真似するのは簡単だが、文意を真似るのは難しい。そう言われた方が理解はしやすいかもしれない。だが、もちろん、宣長も小林もその程度の抵抗では考えを変えない。同じ一文でさらにこうも書いている。

本当は何を言っているのだか知らずに、意見を言うという事は、私達には極めて普通な事である。言葉というものは恐ろしい。恐ろしいと知るのには熟考を要する。

多くの人は、言葉の本性を知らずに言葉を用いている。言葉には、物の名前を意味するほかにも「おそろしい」ちからがある。言葉のおそろしさを真に実感するのは簡単なことではない、というのである。

小林秀雄は「恐ろしい」と書いているが、私たちが認識を新たにするべきは、言葉を前に恐怖心を覚えるよりも畏怖の念を抱くことであろう。なぜなら、この世界を作っている根源にあるのは言葉のはたらきにほかならないからだ。言葉には「恐るべき」というよりも「畏れるべき」ちからがある。

前の月まで販売できていたものができなくなる。変わったのは法律である。別のいい方をすれば、法律を記す言葉が変更されただけだ。

言葉のちからはあらゆる場所に及ぶ。神に祈るとき私たちは言葉を用いる。友を慰めるときも、誰かに恋情を告白するときも言葉が、おもいの翼になる。戦争さえも是認するのもまた、言葉だ。

「言葉は真似し難いが、意味は真似し易い」、本当ではないだろうか。愛とは何かを真剣に考えたことのない人間も愛という言葉を用いることはできる。ただ、そうした人間は愛の意味の深みを伝えることはできない、そう宣長と小林はいう。

言葉は真似できる。しかし、響きを真似することはできない。祈りの言葉を口にするのは容易である。だが、言葉を真実の祈りと化すのに人は生涯を賭さねばならないのかもしれないのである。

本書はもともと立正佼成会の機関誌「やくしん」に「ことばの深淵」という題名で連載された。期間は五年、六十回に及んだ。雑誌に掲載されたのは毎回八百文字程度の作品だったが、本書に収めるにあたって、それを千五百文字程度に補正・加筆した。

ひとたび八百文字というかたちで凝縮された言葉を倍量に書き延ばすというわけにはいかない。主題を引き継ぎ、新たに書き下ろしたかたちになった。だが、原型における主題の発見が無ければ、書き下ろしも始まらない。この場を借りて「やくしん」編集部の皆さんには心からの謝意を伝えたい。

編集を担当してくれたのは、亜紀書房の内藤寛さんである。内藤さんと仕事をするときはいつも「新しさ」が念頭にある。ここでの「新しさ」とは、単に新規性があることを意味しない。むしろ、古くならない何かを指す。

校正・校閲は、牟田都子さんにお願いできた。牟田さんとの仕事は、何冊目になるのか分からない。ただ、彼女と仕事をすることで、校正とは書き手の言葉を磨くことであることが分かった。

装丁は、コトモモ社のたけなみゆうこさんが受け持ってくださった。たけなみさんの装丁は、高次な意味での批評であると、いつも思う。書き手が見通すことのできなかった可能性を照らし出してくれるからである。

よき仲間との仕事は、人生に意味を与えてくれる。彼、彼女たちとの仕事を重ねるうちにその重みもまた、深く感じられてくる。

二〇二三年八月十四日　盆のなか亡き者たちを思いつつ

若松　英輔

探していた言葉に出会うためのブックリスト

本書中で言及している本をリストにまとめました。
さらなる言葉を探す「旅」の参考にしていただければ幸いです。

リルケ『若き詩人への手紙・若き女性への手紙』高安国世訳、新潮文庫
トマス・ア・ケンピス『キリストにならいて』大沢章訳・呉茂一訳、岩波文庫
『永瀬清子詩集』思潮社
須賀敦子『ユルスナールの靴』河出文庫
八木重吉『八木重吉全集〈第1巻〉詩集・秋の瞳・詩稿1』筑摩書房
アーシュラ・K・ル＝グウィン『影との戦い：ゲド戦記 1』清水真砂子訳、岩波少年文庫
高村光太郎『緑色の太陽――芸術論集』岩波文庫
石牟礼道子『新装版 苦海浄土――わが水俣病』講談社文庫

『石牟礼道子全集　不知火』第10巻、藤原書店
若松英輔『常世の花　石牟礼道子』亜紀書房
『聖書』フランシスコ会聖書研究所訳注、サンパウロ
『新版 古今和歌集 現代語訳付き』高田祐彦訳、角川ソフィア文庫
ニクラウス・クザーヌス『知ある無知』岩崎允胤・大出哲訳、創文社
『マザー・テレサ　愛と祈りのことば』ホセ・ルイス・ゴンザレス－バラド編、渡辺和子訳、ＰＨＰ文庫
以倉紘平『わが夜学生』編集工房ノア
アントワーヌ・ド サン＝テグジュペリ『小さな王子さま』山崎庸一郎訳、みすず書房
『新版 小林秀雄 越知保夫全作品』若松英輔編、慶應義塾大学出版会
若松英輔『神秘の夜の旅――越知保夫とその時代【増補新版】』
『山之口貘詩集』岩波文庫
ミヒャエル・エンデ『モモ』大島かおり訳、岩波少年文庫
茨木のり子『倚りかからず』ちくま文庫
エリーザベス キューブラー－ロス『生命ある限り　生と死のドキュメント』霜山徳爾訳、産業図書
ロマン・ロラン『第九交響曲』蛯原徳夫・北沢方邦訳、みすず書房

酒井得元『沢木興道聞き書き』講談社学術文庫
岩崎健一画・岩崎航詩『いのちの花、希望のうた』ナナロク社
岩崎航著・齋藤陽道写真『点滴ポール 生き抜くという旗印』ナナロク社
教皇フランシスコ『使徒的勧告 福音の喜び』日本カトリック新福音化委員会訳、カトリック中央協議会
若松英輔『いのちの巡礼者——教皇フランシスコの祈り』亜紀書房
『庭野日敬法話選集〈1〉立正佼成会創立への胎動』佼成出版社
『庭野日敬自伝』佼成出版社
小林秀雄『新装版 考えるヒント』文春文庫

若松英輔（わかまつ・えいすけ）

一九六八年新潟県生まれ。批評家、随筆家。慶應義塾大学文学部仏文科卒業。二〇〇七年「越知保夫とその時代 求道の文学」にて第十四回三田文学新人賞評論部門当選、二〇一六年『叡知の詩学 小林秀雄と井筒俊彦』（慶應義塾大学出版会）にて第二回西脇順三郎学術賞受賞、二〇一八年『詩集 見えない涙』（亜紀書房）にて第三十三回詩歌文学館賞詩部門受賞、『小林秀雄 美しい花』（文藝春秋）にて第十六回角川財団学芸賞、二〇一九年に第十六回蓮如賞受賞。

近著に、『詩集 美しいとき』（亜紀書房）、『霧の彼方 須賀敦子』（集英社）、『光であることば』（小学館）、『藍色の福音』（講談社）、『読み終わらない本』（KADOKAWA）など。

ひとりだと感《かん》じたとき
あなたは探《さが》していた言葉《ことば》に出会《であ》う

二〇二三年十月六日 初版第一刷発行

著者 若松英輔
発行者 株式会社亜紀書房
郵便番号 一〇一－〇〇五一
東京都千代田区神田神保町一－三二
電話 〇三－五二八〇－〇二六一
振替 00100-9-144037
https://www.akishobo.com

装丁 たけなみゆうこ（コトモモ社）
装画 杉本さなえ
印刷・製本 株式会社トライ
https://www.try-sky.com

Printed in Japan ISBN978-4-7505-1803-9

若松英輔の本

生きていくうえで、かけがえのないこと　一三〇〇円＋税

言葉の贈り物　一五〇〇円＋税

言葉の羅針盤　一五〇〇円＋税

種まく人　一五〇〇円＋税

常世の花　石牟礼道子　一五〇〇円＋税

いのちの巡礼者　教皇フランシスコの祈り　一三〇〇円＋税

本を読めなくなった人のための読書論　一二〇〇円＋税

不滅の哲学　池田晶子　一七〇〇円＋税

魂にふれる　大震災と、生きている死者〔増補新版〕　一七〇〇円＋税

神秘の夜の旅　越知保夫とその時代〔増補新版〕　一八〇〇円＋税

亡き者たちの訪れ　一八〇〇円＋税

弱さのちから

一三〇〇円＋税

読書のちから

一三〇〇円＋税

沈黙のちから

一三〇〇円＋税

いのちの秘義

レイチェル・カーソン『センス・オブ・ワンダー』の教え

一五〇〇円＋税

言葉を植えた人

一五〇〇円＋税

若松英輔　監修・解説「叡知の書棚」シリーズ創刊

高橋巖　シュタイナー教育入門　現代日本の教育への提言　二四〇〇円＋税

柳宗悦　宗教とその真理　二八〇〇円＋税

井上洋治　日本とイエスの顔〔増補新版〕　二八〇〇円＋税